歌集

積乱雲

藤原明美

青磁社

＊目次

歌集

積乱雲

藤原明美

平成十三年（二〇〇一年）

華やぐ雲

新しき生き方を捜すこともなく教員として古稀を迎へぬ

二回めの定年といふは寂しけれ残る夢漸く乏しくなれば

白花は寂しと言ひし父の言気《ことき》になりながら奉《まつ》る白菊

名刺持たぬ生活となりて鳥鳴けば鳥の真似する気安さにゐる

わが庭の黒鉄黐《アクラ》の赤き実を喰ひて鵯《ひよどり》はこの春も痩せたり

逢ふよりも別るる者のめだつ駅ホームの桜の花も散りつつ

行く末は思はずなりて川に沿へば水に夕べの雲は華やぐ

赤色が好きと言ひにきセピア色に褪せたる写真のごとき追憶

原爆に焼き払はれし惨めさを思ひつつ同時多発テロのニュース

ポプラの絮《わた》

雪と紛ふポプラの絮の散りたまる道ゆきて汚れたる熊猫《パンダ》に会へり

いつまでも同じところを行きめぐる熊猫も無為は寂しからむか

朝早き檻の中より人を見て金糸猴はひとつ欠伸をしたり

遠かすむ空渡りゆく鳥もなし八達嶺長城に夏は来向かふ

聽て帰らむ家と思へど留守にして来たれば夜くだち覚めて思へり

北京の屋台

暮れゆけば北京の街に灯《とも》したる屋台に集ふ人に混じるも

蠍の串を喰へと言ふなり日の落ちていまだ間のなき北京の屋台

机以外の四ツ足はなべて喰ふといふ広東料理の酒店に入りぬ

材料は何か分かねど四川料理と言はるればそれを喰ひて眠りき

北京に歯医者を尋ねまどふ夜も黄砂は白く降り続くなり

夕ほととぎす

雲の上に欠けつつあらむ月を想ふ月蝕の夜を梅雨のあめ降る

植ゑ終ふる田の面を渡りたどたどと声も幼き夕ほととぎす

欅若葉の揺れ止まぬ道を歩み来て待つ人もなき茶房に坐る

桐の葉に音たてゆける夏の雨遥けき虹となりて暮れゆく

母の臨終《いまは》を我と看取りし叔父も逝き庭の皐月の花も終はりぬ

涸れ涸れとなりたる細き川水に白鷺は獲物を待ちて動かず

流星群

小夜深く流星見むと起き出でて開くる門扉のすこし軋める

降りかかる獅子座の星を仰ぎつつかかる不思議の地球を愛す

降る如き流星群を見つつゐて思へば七十年余を生きぬ

午前三時いま燃え尽くる流星らあと幾年をわれも燃ゆべき

恐竜に似て流れゆく雲あれば逃げまどふ人影を孫は捜すも

いづれまた逢はむと言ひし人ながら今日は遺影となりて微笑む

仕残して来しことばかりその中の恋もひとつか曼珠沙華咲く

遠き俤

稲の花受粉遂げゐむ夕風に吹かれつつ今日は逢はず帰り来

二十世紀といふ梨を剝く滴《したた》りて果汁は甘き追憶となる

この日ごろよく夢に来る母ながらわれの不孝を詰《なじ》りたまはず

帰り得ざりし阿倍仲麻呂を思はせて東支那海に宵の月出づ

昨夜より浪のみ見つつ今日の日も暮れゆけば親し阿倍仲麻呂

（日本丸クルーズ・七首）

この海を渡りけむ仲麻呂の世を思ひ風吹く音の中に眠りつ

明け近きデッキを風の渡るとき基隆の港はものの匂ひす

東支那海の西空に赤き雲のいろ呉《ご》の地も秋の夕べなるらし

後《のち》の月に一日早き月昇るデッキに欄干の影を落として
浪音も聞きなれたれば眠らむか眼つむれば遠き俤ばかり

極楽の秋

姫辛夷《ヒメコブシ》の葉は散りそめて庭に遊ぶ蝶かと紛ふ陽の当たるとき

法隆寺門前の茶店にひとり飲むビールは冷たく泡の乏しき

斑鳩の池の蓮葉《はちすば》枯れつきて極楽の秋も深みゆくらし

遠く備前の国より詣で来たる身を救ひたまふか救世《ぐぜ》観音は

萩紅葉しだるる道を歩み来ていや鮮《あざや》けき朱の塔に会ふ

奈良の寺

極楽坊の縁側に坐しつつ極楽とわれとの距離の板の冷たさ

「奈良まち」といふ名も親し冬の夜はわが足音の聞こゆるのみに

いにしへもありけむがごと冬の夜を奈良の町びと灯ともしにけり

十輪院の石の地蔵も聞きたまふ奈良まちを過ぐる冬の風音を

東大寺の山門の扉閉ぢられて仁王の視野の中にわが佇つ

暮れたれば山門を吹く風の音も聞こえて寒き奈良東大寺

わが背負ふ罪障の重さを思へとや興福寺の塔の真夜のともしび

十日ばかりの月光《つきかげ》の中に灯ともして五重の塔はいまだ眠らず

訪れて来る人あれば去るわれら行き交ひて不退寺の山門寒き

美男葛の実は色づきて不退寺の境内の日射しのひととき温《ぬく》し

去にし世に農民が鎌を磨ぎしあと石の棺の縁に残れり

恋文もてつくれるといふ横笛の坐像も漸く年老いにけり

海龍王寺の築地のくづれにゐて鳴けば雀さへもや珍しき鳥

わが奉《まつ》るみあかしの灯のゆらゆらと冬の風立つ秋篠の寺

樫の実のときをり零《こぼ》るる音もして秋篠の寺の苔に陽は射す

平成十四年（二〇〇二年）

雪祭り

遠旅の小樽運河の灯のあかりわれの思ひと共に揺れつつ

札幌は暮るるに早く雪像に灯ともればしきりに背《そびら》の寒き

寂しさも雫とならむ雪祭りの氷像に透けて赤きともしび

すすきのの数多並べる氷像に更けゆけば青き街灯ともる

ストーブが時折灯油を呑むごとき音たてて午後の部屋静かなり

三峡くだり

「工事中車輌慢行」の掲示あり慢行とはいかなる走り方ぞや

宜昌より揚子江を上る船に寝てエンジンの響きを一夜聞きゐつ

時として船底にものの当たる音川底の岩か五体に響く

駕籠に乗り登り来む妻を待ちたれば白帝廟の門に風吹く

白帝城の石段の辺に押し並べレモンの形の細き桃売る

玄徳も孔明も人形に造られて白帝廟に流れし月日

眼の下の長江を渦巻き流れゆく時間と空に浮かぶ白雲

黄鶴楼に小雨降ればば揚子江大橋も下ゆく水も霞めり

母の名

出講の教室がわからぬ夢覚めて教師たりし一生《ひとよ》をわれは寂しむ

サーカスの鞦韆に驚く孫連れてアメリカンドッグをわれも喰ふなり

前肢を折り挨拶をする象よ寂しければサーカスを出でて来にけり

トラ、ライオン、チータみなちんちんをしたりけり見ゐつつ思ふこれら猫属

「幸《かう》」といふ母の名を小さく呼びてみぬ幸には遠き一生なりけむ

線香花火

農の一生の父母に会ふかと蛙鳴く野中の道をひとり歩くも

風に吹かるる簾が窓を打つ音の聞こえつつ今日も暮れてしまひぬ

寝ねがたき一夜を経つつ疲れたる心に遠き今朝のいかづち

天国も晴れの日のみにあらざらむ教会の塔の今日はしぐるる

手花火に孫と興じをり人の世の儚さをまだ知らざる者ら

線香花火の火玉の落つる夕闇に似て残生も終はりゆくべし

精霊流す習ひも廃れぬあの世との境界は朧になりてゆくらし

街角をいま曲れるはわれならむ細き肩先に見覚えのある

運動のためにと歩く道なればしみじみと草花を見ることもなし

打ち鳴らす鐘

鉈豆の蔓に生《な》りたるなたまめを見ゐつつ性《さが》といふを思へり

指先に針さして血糖値を測るにも漸く慣れてコスモスの咲く

打ち鳴らす鐘はいづれぞさざなみの志賀の宮処《みやこ》の空を渡るは

三井寺にわが打つ鐘のはるばると渡りてゆけば琵琶湖と呼べり

八雲たつ出雲の国の初冬の雨降る社に孫をともなふ

松江の街の灯ともしころに薬屋を探して薬を買ふも老いゆゑ

思ひ出でてくるる時もといふ期待空しくて三十年余りを逢はず

松江大橋の下を流るる水の音日本海はいま引き潮ならむ

平成十五年（二〇〇三年）

巷の噂

われより短き人の年譜を読みながら残り少なき時間を思ふ

飯の中に嚙み当てたる小さき砂の粒人前なれば吐くにためらふ

われと眼が合へば遽かに飛びたちて鷺は五米ばかり移動す

夕暮れの花散る道は下りにて寂しい心の中に降りゆく

咲きの盛りを見るときもなくあり経つつはや散り急ぐ今年の桜

イラクにてテロに斃れし外交官もいつまで巷の噂とならむ

安保闘争に命かけし世代は老いぬイラク復興支援法成る

自爆テロ志望者四千に余るといふイスラムの教へをわれは怖るる

はつきりとは理由のわからぬ戦ひに米兵七人今日も死にたり

バグダッドに二十粁まで迫りたるアメリカ第三歩兵師団の兵ら

天気予報

藤戸寺の境内に咲きたる沙羅の花散り落ちて梅雨の雨に濡れたり

源平の往時偲べと橋の名も盛綱橋といふ藤戸寺の下

今宵はや初更過ぐらし梅雨の夜の蛙は雨を待ちて鳴くなり

夏草の繁る成親《なりちか》の墓の上を梅雨明けの白き雲流れゆく

流されてここに命を終へたれば成親の墓に蟬は鳴きつぐ

友の訃を伝ふる電話を切りてより天気予報をしばし聞きゐつ

小さき墓

新しく事を起こすは億劫になりゐて今年の梅雨まだ明けず

蟾蜍《ひきがへる》お前も年をとつたのか棒でつつけど緩慢である

人間がひとりで飯を喰ふことのうら寂しさを猫がみてゐる

童にて逝きにし友の墓小さしその前を今日われは通りつ

これと同じ痛みなりしかと肩押さへ寒き夜更けは母を思へる

紋黄蝶

滝壺の飛沫《しぶき》靡かせ吹く風に熊野の秋も深みゆくらし

熊野古道は苔に埋もれて敷石の多くは杉の根に歪みたり

雲千々に砕けて飛びつ道の上の水溜まりを孫の自転車がゆく

枯れ原となれる河原を吹く風が紋黄蝶ひとつ連れて来てゐる

オセロゲームを孫と戦ひ負けてをり負けつつすこし心楽しも

春の名残

これ以外の生き方ありしやも知れずと欅並木の若葉を仰ぐ

東北の地震のニュースは流れゐて山法師は十字架に似て蕚白し

アルコールの少なきビールを選び飲むこの寂しさも老いのひとつぞ

わが庭の辛夷《コブシ》の花に始まりし春もなごりの鳶尾《イチハツ》のはな

つねに言葉はわれを欺く「生きてればまた逢へるわ」と人は言ひしか

狐のやうな目

明けぐれの木立に鳴ける蟬のこゑ昨日より今日と乏しくなりぬ

死ぬる覚悟はいつできるのか葉の落ちし木末に水瓜のやうな月出づ

わが年齢《とし》に及ばずこの木は伐られしか年輪を数へながら思へる

朝な朝な新聞を読む習はしも途切れてややに老いてゆくらし

口渇く朝を覚めてなつかしむ団栗の実や甘藷《いも》蔓の味

サダム・フセインを拘束したりといふニュース師走十四日の朝寒くして

穴の中に隠れてゐたるフセインの面窶れたるをわれは寂しむ

自衛隊派遣反対の声はあれど阻止せむと身を挺する者なき

自衛隊派遣の理由を喋るとき政治家は狐のやうな目になる

平成十六年（二〇〇四年）

蓬団子

打ち鳴らす鐘こそ響け新しき年の初めのあけぼのの空

人はみな遠くなりぬと思ふ日の月光《つきかげ》に咲く白梅のはな

散りそめて幾日か経つつわが庭の紅梅はいまだ色を保てり

髪うすく細くなりたる衰への寒ければ帽を被りて眠る

頂は竹林となりてまがねふく吉備の中山の春深みかも

耕耘機の田を鋤きゆくを見てたてり父母と田打ちし日は遥かなり

亡き母に供へよと人の賜ひたる蓬団子の蓬が匂ふ

紫陽花のはな

銀閣寺の白砂に花の散る見えて春の行方はさだかならずも

夜鳴き蕎麦のチャルメラはまだ聞こえつつ救急車のサイレンが後を追ひゆく

戦勝国の持て来たる花か敗戦の痩せ土に咲きゐし赤きカンナは

緑濃き稲田の中に腹を見せ事故車は玩具のやうにころがる

ある時は他人《ひと》の運命《さだめ》をある刻はわれを思ひき紫陽花のはな

父ならばいかにしけむと夜を覚めて悩みのいくつを越えて来にけり

自衛隊派遣

オリンピックの選手が日の丸を振つてゆく六十年昔の兵士のやうに

打ち鳴らす太鼓の音に誘はれて瑜伽山蓮台寺の花は散り初む

死場所を空と決めゐき予科練を受験せし中学三年生のころ

金刀比羅と並び栄えし瑜伽山の玉垣に残る「鹽原太助」

「江戸本所鹽原太助」の名も見ゆる蓮台寺の玉垣に花散りやまず

徴兵制の昔を重ねつつ見たり自衛隊イラク派遣の映像

自衛隊員を父に持つ子が怺へたる涙ぞ責任をとるのは誰か

出征兵士の幟と葬儀の銘旗《めいばた》と似てゐしと思ふともに還らず

母校天城中学校

この校庭に蛸壺壕を掘りし日の思ひを語る者も少なし

此処に学びし日は遥かにて校門の石柱に春の夕陽は届く

大石良雄の手植ゑといふ松も枯れたるか団地となりて家建ち並ぶ

このあたり武器庫の址か銃口に土つけて叱られし友も老いたり

竹槍を担ぎ行進したる日は昨日のごとし砂埃たつ

肉を切らせて骨を断てとし言ふ教へ正しかりしや覚めて思へば

匍匐にて這ひ廻りにし校庭に池の掘られて緋鯉が泳ぐ

幼かりにき

粉薬《こなぐすり》を飲むのが上手と褒められて孫がちよつぴり寂しき顔す

夢の中の母は今宵も野良着にてそのかたはらにわれの幼き

死にせれば夢にも父の出でまさず河鹿鳴く夜は寂しかりけり

道の辺の薺《なづな》の花をわたるとき風のともなふ幻聴の三味《さみ》

夢の中のわれは単身赴任なり新見の街に豆腐を買へる

ひもじさは通ぜずなりて登校の児童に多き肥満児の数

とり返しつかぬことばかりの連なりを人生と呼びて人は生きゆく

若き日の一途の恋も歳月に流るれば浮き名となりて過ぎにき

櫟林は枝張り繁り村里も父の墓より見えずなりたり

雲速く流るる儘に夕ぐれて天気図の台風はいま日本海

桃一箱送りやりしを今日の日の安らぎとして夏を逝かしむ

遥々と雷鳴を運び来し雲の明るみながらいま雨となる

立秋の日の夕まぐれ向かうより来るは女か声のやさしさ

最期のことば

友の通夜の読経の声に紛れつつ冬の初めの雨降り出でぬ

囂《かしがま》しく鳴きたつる夜の雨蛙庭の花梨の葉にゐるらしも

「家に連れて帰れ」とわれにのたまひし父の最期のことばを思ふ

群がりて翔べる蜻蛉を追ひし日の夕焼空を見ずに久しき

年輪を重ねて太くなれる木に老いて痩せたるわれが凭りゐる

櫟櫟深き落葉の道を来て頬を濡らしゆくしぐれの雨は

本棚に立てたる本の傾きが気になりながら雪となる夜

枝頭の秋

黒に近き緑もあると庭隅にころがるカボチャに陽が射してゐる

死はかかる闇かも知れぬ見開けど何も見えねばまた眠る夜の

釘を打つ音早くより聞こえゐて西風強き一日とならむ

カロリーの少なきを選び喰ふことのうらがなしさにも漸く慣れぬ

花梨ひとつ虫に喰はれて落ち残る枝頭より秋は暮れてゆくらし

わが病父より継ぎぬと真夜さめて思ふとき父はひたなつかしき

塩すこし振りて魚を焼きてをり昨日まで息をしてゐし鰓《あぎと》

青雲の思ひもいまは遥かなる野末の夕陽に赤く染まれり

土佐の龍馬は南を向けり長崎の龍馬の像は西に向かへり

沈む陽に染まりて赤き長崎の海も見たれば宿に帰らむ

立冬の日の耳もとに来て飛べる羽音小さき蚊を打ちにけり

平成十七年（二〇〇五年）

紫蘭の花

何ほどのことでもないと自らに言ひ聞かせつつ眠りたるらし

水底の魚の眠りに似て目覚むひんやりと暗き夜のそこひに

空青く海また青し若かりし君が面影の向かう側にて

庭の辺の紫蘭の花も過ぎむとし無職となれる身に春深し

一合の酒

藪かげの消残る雪の辺に咲きて俤ともなふ白梅の花

遠寺にいま打つ鐘は明け六つかめざめ寂しく小寒に入る

死ぬる意味見えゐし戦《いくさ》の日は杳く生ききて惑ふ日々の暮らしに

残り少なき一生《ひとよ》となりぬ今日の日の無事に終はれば一合の酒

爺よ来よキャッチボールをせむと言ふ孫と遊ぶも楽にはあらず

三椏の新芽は三つに枝分かれしてをりわれも父に似て来ぬ

真夜中の天気予報を聞きてをり晴れていづこに行くともなきに

この日ごろ腹の底より笑ふことなくて今年の花も散りそむ

昔気質《かたぎ》と笑ひゐし父よ零《こぼ》れたる米粒をわれも拾はむとする

越え来し野山

「珍しければ花」といふ世阿弥の語を思ふ枝垂れ梅まだ今年は咲かず

蟷螂《かまきり》の卵がしきりに揺れてゐる三椏の花を風の渡れば

庭隅の石臼に溜まりたる水に金魚は半歳余りを生きつ

縁日に孫の買ひ来し金魚なり生きたる三尾餌を強請《ねだ》るも

わが傘に斑《ふ》を留めたる花片はその儘にしてもの買ひにゆく

隣り家にダンボールを焼く臭ひして独り居の昼闌《た》けてねむたし

父ははの墓石の辺に落ちたまる団栗は春の雨に芽吹けり

水色の花を咲かせよ柔らかき土に今日蒔く朝顔の種子

妻の父の在所尋ぬと遠く来て三次《みよし》の街の河音を聞く

四つ足のひとつ踏み外すこともなく猫走る塀の上まだ暮れず

遠く来し野山はいくつ雨に濡れ風吹けば風に吹かれて越えき

昨日の敵

川沿ひの道に幾度か会ひたれば犬も尾を振りわれに親しむ

此処に生まれここに老いたりほそほそと水遠白う菜の花咲ける

砂浜に残る風紋わが国の地図の形に似て移りゆく

昨日の敵は今日も敵なり原爆を落とししアメリカをわれは許さず

散る花を浮かべ流るる水に沿ふわれより速き水の流れに

庭土に散れる桜を踏み遊ぶ猫と雀とカラスとわたし

孫たちが真面目な顔に言ふ祝辞四十七回めの結婚記念日

母の声

川中に立ちたる鷺に無視されてゐると思ひつつ堤を歩く

月出でて今宵明るき裏通りどこかで三味《さみ》を弾く音がする

幾とせを逢はざる人か初夏の夕べ電話の声の明るさ

われを呼ぶ母の声確かに聞こえしと暁暗のベッドに眼を開けてゐつ

山の上の杉の秀群《ほむら》に沈む陽の惜しむ間もなし秋の夕べは

烏の知恵

見なれたる山脈の彼方の稲妻よ山越えず経たる幾とせならむ

運動不足を補はむとひとり歩みゆく川の堤の早き日の暮

道に置けるナッツを車の轢き割るを電柱にゐて烏は待てり

六十年昔に死にし友のこと思ひ出せといふか桜の蟬は

病弱の父を支へて耐へ生きし母の一生をわれは思はむ

平成十八年（二〇〇六年）

予科練受験

鉛筆もて書ける幼き年賀状来ずなりぬいかなる人となれるや

予科練の試験を受けし教室の窓硝子二枚割れてゐたりき

銃後にて祖国に尽くせと予科練に不合格のわれら訓示されにき

広島の爆心地の川の水澄めば空にも白き雲の流るる

爆心地の崩るるドームを補強しつつ人は悲しみを残さむとする

平均寿命

七十年見慣れ来し山の稜線のやはらかに春の雲となりゆく

つねに何かに追はるる如き明け暮れか今日も二月尽の風に吹かるる

もの忘れ多くなれれば向かうを行く人に呼びかくることも躊躇《ためら》ふ

平均寿命にややに近づく明けくれのあはれ物忘れ多くなりゆく

幼き声

幼くて漁《すなど》り遊びし川の辺の家見ゆ母の生まれたる家

母の実家《さと》の牛舎の臭ひもいつしかに消えて思へば五十年経ぬ

祖母に倣ひ幼き声に祝詞よみて母の病を祈りたりしか

憤《むづか》りて眠らぬ弟を背負ひたる祖母のうしろに付きて歩みき

遊び呆けたる吾を呼ぶ母の声遠く七十年前の夏の日暮れず

水張《みは》り田の中にもの言ふ声聞こゆ植ゑ終はりたるよろこびの声

手紙の誤字

此処にボールを追ひ走りにし若き日を思はせてグラウンドに立つ霜柱

百周年を迎ふる学び舎に残りゐし武器庫の趾も毀《こぼ》たれにけり

六十年昔学びし学び舎は建て換へられて春日遍《あまね》し

その上の友の手紙の誤字ひとつ見出でて眩し若さといふは

わが懶惰鞭打つごとく庭の辺の紅梅の花膨らみそめぬ

薄れゆく記憶

覗きこむ鏡に見ゆるは背後ばかり未来は何も映りはしない

若き日のわが歌の師の訃を報ず梅雨明け近き夕刊の記事

朱塗りの橋を渡りゆき学びし遠き日よ夢褪せて橋も架け換へられつ

薄れゆく記憶のいくつを拾ひをり敗戦の日ともに泣きしは誰ぞ

政治家が保身のために喋ることかつての大本営発表に似る

妻の刻む俎板の音聞こえつつ胡瓜ならむか速きリズムは

半ば呑まれて鳴ける蛙を救はむと蛇を打てればともに死にたり

水枕の護謨の臭ひをなつかしむ水換へくれし母若かりき

懐かしきトリスを妻が買うて来ぬ馴れ初めの頃を思ひ出せるや

もしかして咲くかも知れぬ花を待つ幾夜机上の河原撫子

奉安殿の前通るとき敬礼を強ひられし記憶の中の天皇

呂翁の枕に蘆生が見けむ夢よりもいよよはかなき妻の手枕

明日へ開かむ窓と思ふに今朝もまた来し方ばかり見ゆるなりけり

布袋草

流れゆく水沫《みなわ》それぞれに映りつつ夕べ茜の空の煌《きら》めき
布袋草の花咲けば思ふ敗戦の日にも聞きにしこの水の音

布袋草の花紫に咲きたれば渡る夕べの風も艶めく

遠ければ関心うすきは世の常かイラク、イスラエル、憲法九条

水の声

盂蘭盆の送り火に赤き妻の顔どこからともなく秋が来てゐる

肥え松の木つ端を焚きて祖霊送る習はしもややに頽れてゆくか

遥々とゆきて帰らぬ野の水の細き流れの声ぞ聞こゆる

青雲の夢には遠き一生《ひとよ》なりき見馴れたる山に夕陽が沈む

寝物語に祖母より聞きしおほかたの昔咄の筋も忘れつ

五十回忌の法要に僧も登りたる祖母の墓石の少し傾く

赤い羽根

脚立の上に立ちたる庭師の顔撫でて夕べの雲はゆつくりと行く

禿げにたる頭に多く散りかかるやうな気がする楓もみぢ葉

南禅寺の湯豆腐屋ひとつつぶれたりみ仏の世も不景気ならむ

また開くときありや門扉閉ざしたる料亭の庭に花吹雪く見ゆ

税金と変はらずなりし赤い羽根募金を戸毎に集金に来る

どこか遠くで猫を呼んでる声がする甘えて応ふる猫の声する

ジョギングの川の堤によく会ひし人見ずなりて早き夕暮

枝垂れ梅

もみぢ葉の散らふ道べの溝の隈夕暮れむとして風の立つ見ゆ

両親《ふたおや》の這ひずり生きし田の中に今日荒草の紅葉せる見ゆ

耕さずなりて過ぎたる四十年田の荒草の今日はもみぢす

田に生《お》ふる草の名知らずもみぢせるその草の向かうの父母のおもかげ

父も母も明治人なりき鉛筆を持てずなるまで削り使ひき

鉛筆を舐めつつ書ける父の文字濃淡しるく手帳に残る

禿《ち》びて短き鉛筆舐めつつ書きにけむ父の筆蹟にわれも似てきぬ

老いゆくは寂しきものか迎へたる喜寿立春の日暮れの寒さ

幼くて花笠を冠りたる記憶庭の枝垂れ梅咲けば思ほゆ

鳥籠のごとくに咲きて花笠のやうに散りゆく枝垂れの梅は

落葉しぐれ

日の落ちてゆく沼の辺に子供らは夕陽が水に沈んだと言ふ

朝の光斜めに射せば妻の顔その母によく似てきたるかな

濡れて来たる手紙の文字の滲《にじ》めるをうち返しつつ人はなつかし

わが性《さが》を継ぎたる孫か人前に出づれば気弱く尻込みをする

落葉しぐれの音聞きながら眠る夜は夢にも袖の濡るるなりけり

嵯峨野の秋

去来の墓に届く日光《ひかげ》はなけれども初冬の日暮れを吹く風やさし

常寂光寺の紅葉暮れゆくを見つつ来て畑中に売るカリフラワー白き

落柿舎の梢に残る柿いくつ色づきて嵯峨野の空暮れむとす

釈迦も阿弥陀も暮れゆく秋を見て立たす二尊院の庭を渡る夕風

二尊院の如来拝むと上り来つ廊に憩ひて下り来にけり

沈む月

庭の楓のもみぢ葉に降る宵の雨赤き雫となりて滴《したた》る

わかき日の花に寄りゐし夕心いまかへるでのもみぢ葉に寄る

わが通ふ道なれば朝咲きたりし桜を夕べは踏みて帰るも

庭先の田の荒草も実りしか枯れ色深くなりて来にけり

寝そびれて庭に出づれば夜のくだち思はぬ方に沈む月見ゆ

平成十九年（二〇〇七年）

鳩のこゑ

庭の辺に落ち残りたる花梨の実つややかにいま初日昇れり

屁理屈を言ふなと父に叱られし若き日の理屈はおよそ忘れつ

庭の紅梅咲けば降り継ぐ日和癖四、五十年を経つつ変はらず

歳下の友の葬りに並びたる庭の辺ほのかに梅香るなり

別れなど言ふなと泣きし日を遠く思ひ出させて訃報は届く

久々に駅頭に会へる友の名を思ひ出せぬ儘別れ来にけり

掘り返す土より出でてまだ醒めぬ蛙はひとつまばたきをせり

明けやらぬ庭にきて鳴く鳩のこゑ一羽かと思ふ二羽かと思ふ

逢ひし日は昨日のごとく訣れしは昔の如し君の訃届く

明日のため

若き日の夢追ひ酒は飲み飽きぬ老いて寝ざめの水を飲まむか

孵らざる卵も夢もさびしけれ六十余年を抱きつつ来て

若き日を遠なつかしみ夜は更けぬ友よ眠らむまた明日のため

若き日の友の幾人と逢うて来ぬ帰り道辺の犬蓼の花

街角にしばらくかはす立ち咄懐しむほどの友ならねども

掘割の水に映ろふ空のいろその空に桜の花散りまがふ

桐の花薄紫に咲きにたり風は家紋を揺らしつつ吹く

捨てて来つる猫が迎へに出でてくる玄関先の夏の夕ぐれ

杏子咲く山

岱廟の北門より仰ぐ泰山は昼過ぎていま翳らむとする　（泰山・四首）

いにしへの王者は何を祈りけむ泰山頂上に風荒れやまず

封禅のまつり営む始皇帝を俤にして杏子咲く山

あくがれて漸く登り来し山は風荒れてわが立ちて歩めず

泰安に宿るも二夜めとなれば出でて夜市に蜜柑を買へり

孔孟の教へなどには程遠き顔したる中国人観光客と歩く　（孔子廟・三首）

国柄の違ひを思ふ生ひ茂る孔子の墳《はか》の鉄道草長き

孔林の土饅頭に生ひ茂る雑草は何を教へむとすや

沙羅の花

庭の楓は色づくままに散りそめつ飛行機雲を背景として

震度四マグニチュード六・六といふ北海道は此処より遠し

畑仕事をしたれば今宵も痛む肩をわれと揉みつつ雨の音聞く

口渇き言へざりしことを今更に思ひ出させて今宵のほたる

沙羅の花朝《あした》開くと見しものを夕明かりする庭砂に散る

母の口癖

帰りゆく父祖の行列盂蘭盆の明けたる川の朝霧のなか

立秋を越えて二日め鳴きじやくるつくつく法師といふ蟬のこゑ

開けたる西空は水島コンビナート暮るるに早き庭の松が枝

若き日の苦労は買うてもせよと言ひし母の口癖をいまわれが言ふ

既に遠く行きましにけむ父母の黄泉路《よみぢ》の旅をめざめて思ふ

温暖化続く小さき天体に生き継ぎ得むやわが孫たちは
「本当は十六夜の月が丸いのだ」と言ひつつ仰ぐ十五夜の月

福南山

金銭《かね》出して水買ふ時代《とき》の来るなどと思はざりきペットボトル重たし

福岡の南にあれば名づくるか福南山に雲動く見ゆ

点《とも》すべき刻を失してひとりゐる秋の夕べのうすら明かりに

暖かき児島の街の路の辺に移し植ゑられて浜茄子咲けり

遠つ日のをみなごに似て花咲けば薊はいまも棘持ちてゐむ

嵯峨野なる鉄路の礫の中に生ひて虎杖青し旅の終はりに

母あらばいかに聞きたまふ父まさばと叶はぬことを人は思へり

傘寿に近し

ものの名前忘るる多し「そこの」からやがては「おい」と単純化して

人を憎む思ひも持続せずなれば交はす言葉もお世辞にすぎず

喜寿といふ誕生祝ひは寂しけれ抜け残りたる歯に染みる酒

めぐり皆われに優しくなりたるを寂しと思ふ傘寿に近し

なすべきをなさず過ぎたる一年《ひととせ》の終《つひ》の日は荒れて風雨となれり

奈良町の旅宿《はたご》に覚めて聞きてをり古き都の春雨のおと

上等兵の墓

原爆投下したる機長の死亡記事あの世にて何十万の死者たちに会へ

原爆投下を正当化しつつこの日まで生き継ぎて九十二歳の機長

わが村の「歩兵上等兵の墓」に葬らるる人を知る者も少なくなりぬ

征きて帰らぬ人の墓あり草産《む》してほそほそと滅びの虫の声する

中学生の主張それぞれに似通ひて年老いにけり審査員われら

平成二十年（二〇〇八年）

いろは歌

友らみな病むといふ噂のみ聞こえ今日暖かく大寒に入る

この蜜柑甘いぞとよく賜ひにし隣の婆の懐かしき日よ

茄子の花咲けば思ほゆ若き日に従はざりし父のことばが

いろは歌の意味もわからず読みてゐし日は遥かなり常ならぬ世に

黄砂に白く汚れたる車を洗ひをりフロントを流るる中国の砂

黄砂飛来を春の霞と誤まれる歌もあるべしビルも霞める

篁を過ぐるは風かはた雨か春浅ければ眠りがたしも

破れ傘

梅薫る春の夕べは人恋し月の昇れば母が恋しも

わが肩を揉んでくるると言ふ孫よ四月には中学一年生になる

異郷にて成功したりとふ友のこと話題としつつ春の夜の酒

わが庭の痩せたる土に萌え出でてみどりやさしきヤブレガサの芽

庭隅の石臼に溜まる水の上にひつそりと来て十六夜の月

鳶尾《イチハツ》の白き花庭に咲くころは昨日も今日も雨が降るなり

鎭海の桜

生きてあることは楽しき遠く来て韓国鎭海の桜を見つつ

三十万本といふ鎭海の花散らず散らざれば下蔭をわれらは歩く

一日花の槿を国花とする国の街路樹がなぜサクラ桜ぞ

咲き続く桜の下を歩み来て李承晩大統領の別荘の前

三十万株といふ桜見つつ歩み来て鎭海の街にわれら疲れつ

拝観料

同じ時間に起きて似たやうなものを喰ひ昨日と変はらぬ今日が始まる

打てど響かぬ太鼓は湿りたるならむ乾きて弛む太腿の皮膚

老いゆけばなべては弛む例外はなくて精神も弛緩して梅雨

母の焼く卵焼きに緑を保ちゐし野菜は何か思ひ出せぬも

沙羅の花散る寺庭の夕まぐれ拝観料を払ひて坐る

思ひ出せば「どこへでも行け」と叱る母行くなと言つてるやうに聞こえき

水子地蔵に誰が奉《まつ》れる花ならむ黄菊白菊朱の風車

没りつ陽に肩寄せ合ひて影を曳く水子地蔵は歌を唄ふか

田植水

遡り手繰りゆきつく時はいつも父の臨終《いまは》に遅れたる刻

農に終はりし父母の俤浮かべつつ田植水逝く燦めきながら

われの代《よ》に農の血は絶ゆるにかあらむ田に生ふる茅は背丈を越えぬ

隧道《トンネル》を抜けて東町《ひがしまち》提灯を貼りゐし店もなくなりにけり

日に四度《よたび》注《さ》す目薬を二度までも忘れたることは言はず眠らむ

滅びゆく星

花梨一顆机上にありて夜を匂ふ遠き電話の中の汝がこゑ

いかならむあしたが来むと眼をつむる夢に来て父よわれを叱るな

庭の辺の夕つ明かりに影持ちてヱノコログサに風の立つ見ゆ

十日足らずの命にも哀楽といふありや夕ぐれてまだ蟬鳴きやまず

畠の草取りゐるわれに声かけて孫はランドセルを揺りて帰り来

丈高くなりたる孫が帰り来る細く痩せたる脛見せながら

仰ぎつつ歩み来たればオリオンをよぎりて滅びゆく星ひとつ

日の丸の旗振り送りし人のこと「君が代」の歌を聞けば思ほゆ

泥水に咲きて濁らぬ花ゆゑにみ仏は蓮華を選びたまへり

絡めたる指ほどくときをみなごは遠くの雲を見る目をしたり

冬の陽

庭の松の梢を冬の雲はゆき言ふまいと決めてきたる言の葉

耳鳴りと虫の鳴く音と分きがたくなりて今年の秋深みゆく

虫の音はややに乏しくなりゆきて耳鳴りか今宵ひとつ鳴くこゑ

この雨を君はいづこに聞くならむ音信途絶えて十年を経ぬ

熊谷屋《くまたにや》の茶屋趾に建つ牧水の歌碑に射し来て淡き冬の陽

庭隅に落ちたる雀の骸《むくろ》小さく蠅一匹が独占したり

今朝の蝶は昨日と同じものなりや空晴れて明るき日射しに舞ふは

逝く夏のあかときの夢に来てなくは蟬かもあらず人の恋しき

もう三年生きたしと言へる友逝きてはや五度めの彼岸花咲く

多くは軍歌

さ夜更けて雨降り出でぬまだ冬の初めなれば優しき音に降るなり

柿の木末にひとつ残れる木守《まも》りを貪れば卑しき鳥と書く鵯《ひよ》

「病院が近くにできて安心」と言ふ安心の中味を思ふ

前向きに生きむと切に願ひつつ口を衝く歌の多くは軍歌

平成二十一年（二〇〇九年）

東北のさくら

蛙鳴く声乏しきは農薬の所為にはあらずわれの老化ぞ

酒のつまみにわが買うて来しピーナツは殻あれば南京豆といふなり

道の辺の石を弁慶の墓と言ふ車中遽かに静かになりぬ

角館《かくのだて》の武家屋敷青柳家の庭を枝垂れ桜をかづきて歩く

薄暗きこの部屋ぬちに過ぎにけむ武士の一生《ひとよ》といふを思ひき

間八《かんぱち》の刺身を肴に呑んでをり短けれども人の世楽し

帰る雁

アネモネの花咲く道の畠沿ひに手振り別れき幼かりけり

春曙紅といふ椿咲くほのぼのと清女好みの空のいろして

事故車より路上に流るるガソリンに砂撒かれつつ今日は立冬

明かり障子の破れ繕ふ妻の剪る紙の花びら風に散りゆく

教へ子が眼を病むわれに送りくれし四国霊場道隆寺の札

北国へ帰らむ雁かかはたれのいまだ小暗き空をわたるは

長旅に向かふ決意をそれぞれに鳴きつれてゆく今朝のかりがね

夾竹桃の花咲き続き薄曇る小浜の浜の砂乾きたり

山川登美子記念館の展示を覗き込む短き一生の恋の行く方を

不発弾

後期とは末期と同義の高齢者となりて不景気の只中にゐる

追憶の中の敗戦旭川原に不発弾ひとつ横たはりゐき

川原の石の間に落ちたれば不発弾すこし凹みたりけり

学生服の染料に黒く濁りたる川沿ひの街に若く勤めき

川の水黒く濁りて海に入るは変はらねど六十余年を経たり

この街に赴任したりし若き日の気負ひ心は身に返り来ず

光りつつゆく雲あれば思ひやる別れて遠きをみなごのうへ

窓の簾打ちつけて吹く風の夜思ひ出だすはまた故人なり

通り雨過ぎて明るくなる庭に恨みも追憶となりてなつかし

水張《みは》り田に影映ろへば見なれたる山のみどりも深まりにけり

父母のころ

冥界とこの世を繫ぐ迎へ火の炎の中の父母のころ

まなかひに低き尾根見ゆ城山と呼べるは城のありたるならむ

誰がいついかなる夢を見し趾ぞ城山に今朝は雲のかかれる

われに何を教へむとせしや叩かれし記憶の中の父はなつかし

悲しみは喜びよりも多く来て去りゆくものは月日なりけり

夜の蝶

「鯉幟ここにも日本男児あり」と父の句を思ふ終戦記念日

風光る柿の若葉の道をゆく誰に逢ふべき歩みならねど

夜の蝶になりぬと言ふか久々の便りの文字の少し歪める

満月の光の中の柿若葉しみじみといましばらく生きむ

鰯雲はるかに遠く広ごりてこの島国の空まだ暮れず

籐椅子

石地蔵のまろき頭にとまりたる蜻蛉は髷の如く動かず

亡き父がつね掛けたまひし籐椅子に三十年経てわれが座しゐる

背凭れの傷みほつれてゐるさへや父思はする籐椅子に座す

爺婆《ぢいばば》と呼ぶは何ゆゑ山道に咲きて寂しき春蘭のはな

金婚の祝ひの席より帰り来て今宵夫婦《ふたり》は言《こと》尠ななり

眠り慣れしベッドにこの頃寝ねがたき夜がありて朝がありて寂しも

庭隅のヤブレガサの葉に鳴く蛙白きのみどに雨の降るらし

この花を歌ひ継ぎ来し十余年住みたる庭に咲く姫辛夷《ヒメコブシ》

傘　寿

海遠く虹かかる見ゆ人の世は理想《ゆめ》を追ふほどの長さにあらず

父母の墓地より遠く見ゆる海水島コンビナートの向かうに光る

思ひ出に涙する心弱りをば老いとし言ふか傘寿を迎ふ

遠くにて人が笑へり犬猫の声とはすこし違ふ声にて

言うて詮なきことは言はずに置くことの習ひとなりて秋の夜長し

備前方言

「満《み》てる」とはなくなる謂ぞ蓄へも満てて侘しき備前方言

閉まらなくなれるファスナーの如き記憶そのとき誰と誰がゐたりや

雇傭促進住宅も古くなりたれば灯《とも》らぬ部屋が増えて来る秋

庭の辺の松の古木は枯れにけりわが世漸く更けてゆくらし

天眼鏡にてわが行く末を読まれをり残り少なきわれの時間を

暮れ易き秋の夕べのうす明かり地蔵和讃を誦《ず》するは誰か

涸れ涸れの川の流れを飾りつつ秋も名残の夕茜雲

安芸宮島

夢に見る多くは幼きころにして目覚むれば傘寿の冬の夜の闇

朱の鳥居を目近《まぢか》に見むと湿りたる砂踏みて人ら渡りゆく見ゆ

宮島の朱の鳥居に寄せ返す荒武者と波と時の流れと

若き日の管絃祭の楽の音を思ひ出させて寄る波の音

千畳閣に登る石段急なれば憩ひつつ思ふ身の衰へを

宮島の杓子は釈氏に通ずるか杓子に人は掬はれにけむ

この宿に泊る身分になりたしと思ふ日ありき旅館「岩惣」

暮れてゆく秋の行く方を見むと来てわがゆく末を見て帰るなり

とりどりに海に向かひて散るもみぢわが晩年もしばし華やげ

平成二十二年（二〇一〇年）

八坂の塔

吹く風に四手《しで》振る如き姫辛夷《ヒメコブシ》神は梢におはしますらし

年老いて新しき年を寿ぐと注連縄飾りを堅く結びつ

傾きてわれは歩むか靴の踵かたより減りたるを脱ぎつつ思ふ

背戸をゆく細き流れの音のして降りまさるらし寒の夜の雨

ひとり来て京の八坂の塔の影踏みつつゆけば寂しかりけり

話し相手もなき旅なれば見て立てり哲学の道に沿ふ水のいろ

柏手《かしはで》の音

物忘れ激しくなりぬと部屋を出づ何故にこの部屋に来たるや

寒々と上弦の月に影曳きて今宵も帰らむ妻の待つ家

手向山八幡の社にわが打ちて響き乏しき柏手の音

飛火野の芝の青きを踏みわたる御蓋の山の曇れる午後を

桜花風のまにまにバス待つと屯《たむろ》せる若き生徒らに散る

身体《からだ》厭へと言ふは誰ぞも夏浅き母の命日のわれの眠りに

蚊燻《かいぶ》し

さよならといふおざなりの言葉にてとり返しのつかぬことも経て来ぬ

蓬焼きて蚊を燻したる日を憶ふ母もおはしき父もいましき

「ぢやまたね」と別れし人は戦ひに征きて六十五年を経たり

友の息子の訃を伝へくる電話なり母なる人の声も聞こゆる

国防色

米を背負ひ出でゆきし父が持て来たる国防色の重き外套

米と交換して手に入れし外套を子のわれに父は着せたまひけり

予科練受験の記憶もややに薄れつつ貧しき平和の六十余年

「母の日」を忘れゐたるを寂しみて仏壇にまつる線香細き

犬猫の服着る時代にをみなごは臍を見せつつ街中を行く

丑の下刻《げこく》にはやも眼ざめて寅の刻に起き出づるも老化現象のひとつ

駈けくらべすることはないつづまりは兎が勝つのだこの人の世は

「松竹梅」といふバス停より見えてゐる君が死にたる病院の窓

祖国の為死ねよと言ひき身体髪膚毀傷せざるが孝とも言ひき

冬至近し

童名《わらはな》にわれを呼ぶのは誰ならむ秋の短きたそがれどきに

枕辺に吸ひ呑みの水を置くこともいつか習ひとなりて水呑む

いま少し死には間があると思ひをりこれが油断といふものらしき

駅の地下の居酒屋に飲む秋の夜の酒はしきりに旅に誘《いざな》ふ

桜もみぢ葉散り果てむ日の夕まぐれ降りみ降らずみ霜月しぐれ

心穏しくありたきものをこの夕べ寄る波の音引く波のおと

晴れわたる空蒼き儘暮れゆくと吉備の児島に冬至近づく

岩倉実相院

門跡寺院の石庭の砂白ければ楓散りしく風も吹かぬに

門跡の一生《ひとよ》も寂しからむかと見てあれば散るかへるでの朱《あけ》

楓紅葉は滅びの色か乏しかるわが残生の中に散りくる

散り果つる紅葉を見むと来しならね京都岩倉実相院の庭

やがて散るわが身を忘れ眺めをり京都東福寺通天橋のもみぢ

川の辺の柳の枝は剪られたり透けて居酒屋の看板が見ゆ

うるめ鰯焙りて一人の夕餉なりかくて孤独に人は慣れゆく

被服廠倉庫

寺庭の池の面に散るもみぢ葉の片寄ればわが思ひも傾《かし》ぐ

原爆投下三年経たる広島の被服廠倉庫に四年学びき

裸電球点《とも》りて暗き部屋ぬちに机並べてみな若かりき

六十年経て残りたる倉庫群まなこつむればわれら出で入る

夢に帰る故里はいつもしぐれゐて傘持ち母が迎へたまひき

父の忌

穫り入れの終はれる田の面を渡る風冷え冷えとして父の忌近し

初めての逢ひは何処か覚えねど別るるは今日紅葉散る街

この街に親しみて来し五十年倉敷美観地区の柳も老いぬ

屋根もなきプラットホームに別れにき雨を冷たしと汝は言ひしか

ほほけたる芒枯穂に吹く風の寒き夕べは君を思へり

「まういいかい」と鬼の声して散りたりし幼友どちはいづちゆきけむ

平成二十三年（二〇一一年）

匍匐前進

配給の国防色の靴を履き匍匐前進をする夢を見てゐつ

足に合ふ靴とは贅沢靴に足を合はせて履けとよく言はれたり

履く靴もなければ手編みの藁草履はきて遊びき戦ひの日は

この靴を履きて越え来し山河よ傾ける踵を見れば思ほゆ

源平の戦《いくさ》の記念《かたみ》の先陣庵に暮れたれば今日も灯りが点《とも》る

藤戸寺の下に架かれる橋ひとつ佐々木盛綱に因む名の橋

源平の戦偲《いくさ》べとその上の海の名残の一筋の川

佐々木と言へば笹まで憎しと漁父の母が毟りとりたる笹無《ささなし》の山

ラジオのニュース

ラジオーニュースで手柄聞かすといふ歌を唄ひ遊びき幼かりけり

ラジオのニュースに聞くほかはなき戦況を信じてわれら日々を耐へにき

君に逢ふ夢にはいつも飛行機のリベットを打つ音がともなふ

震災の街をテレビに観つつゐて空襲跡の街を思へり

母の乳房にうすく浮かべる静脈を傘寿を越えてふと思ひ出づ

梅雨のあめ

先立てる夫を偲ぶと活けたらむ君が住む部屋の紫陽花のはな

今生《こんじやう》と思ふは夢かいま見たる夢が現実《まこと》か雨の音する

いくばくのわが残生ぞ散り敷ける夏椿の花に梅雨の雨降る

首を前後に振りつつ歩く鳩とゐてバス停留所の木の椅子温《ぬく》し

晴れ渡る空よりすこし雲浮かぶ空の深さが好きだと言へり

いつ見ても寝てばかりゐる犬の前を通るときなにかうしろめたしも

新緑の大歩危《おほぼけ》の溪は青々と時には白き四国三郎

営々と築きあげたる石の上に人住める見ゆ大歩危の山

年長者

齢《よはひ》傾く身は若き日に住みなれし家趾に来て草生ふる見つ

風車《かざぐるま》掲げ走りし野の道を杖曳き離《さか》りゆくのは誰ぞ

町内の男に限れば四番めの年長者となりぬすこし落ちつけ

鰯の干物焼くる匂ひと思ひつつ京都五条の坂道の雨

白壁の家塗り替へてまた白し今宵も月は朧なるらし

地球温暖化

全国戦歿者追悼式に並べるは白髪頭と禿げたるあたま

参列者のなべては老いぬ戦歿者三百十万余の追悼式に

わが窓より見る芒原穂に出でて月蝕の夜を風わたるなり

地球温暖化を言ひつつ寒き日のあれば嘘かと思ふ嘘であれかし

運転免許を返納したりといふ友が欅並木を帰りゆく見ゆ

父母の写真の色は褪せながら今日も長押よりわれを見たまふ

知覧特攻基地

誰が為に捨てし命ぞ知覧特攻基地のめぐりの鈴懸青し

死ぬるために二十年ばかりを生き来たる兵士らの写真が並べられたり

青桐の大木となれる並木路を帰り来よ知覧特攻隊の兵士ら

欠氷の店の幟をはためかせ六十六年経たる風吹く

此処に時雨の音も聞きけむ三角兵舎の復元されしがまた古びたり

特攻隊の兵士らがめざして翔びたちし開聞岳に雲かかる見ゆ

特攻兵士の声か聞こゆる夏闌《た》けし霧島温泉の宿にめざめて

明日といふ日

野の道のガードレールに月あれば口笛吹きつつわが帰りゆく

明けたれば今日といふ日ぞ恃むべき明日といふ日は遂に巡らず

明日といふ日は来ずあるは今日ばかりそのけふも忽ち昨日となりつ

七十代の生き方をテレビで論じをり八十代のわれが聞きをり

金銭《かね》に縁の薄き一生《ひとよ》を庭隅に群がり咲ける小判草のはな

絶滅危惧種の白扇潮まねき鮎もどきそれを見てゐるホモサピエンス

あとがき

これは『知命を越ゆ』・『街路樹』・『単身赴任』・『遠き月日』に次ぐ私の第五歌集である。平成十三年に中国短期大学を定年退職してから平成二十三年までの約十年間の作五八〇首である。

昭和二十一年十二月に近畿・四国地方を中心に死者一三〇〇人を越える大地震があった。所謂、南海道大地震である。敗戦の翌年で、私は旧制中学の四年生になっていた。その時担任のN先生が病気で休んでおられた。その先生にお見舞の手紙を書こうと思い父に相談した。その当時、雑俳の冠句（笠句付け）を嗜んでいた父は、ただ単に見舞いの文言だけでなく短歌の一首でも書き添えたらどうかと言った。そして何かと指導してくれたのだったと思うが、その見舞状の片隅に書き加えたのが次の歌である。

学び舎を思ひ病み臥す師を想ひ揺るる大地の闇に佇む

これが私の、短歌との最初の出会いであった。南海道大地震が一九四六年だったからあれから七十年近い歳月が流れたことになる。その間、何度も挫けそうになったり、中断したこともあったが何とか今日まで続けてこられたのは師友の指導や励ましの賜物である。

旧制中学時代にお世話になった歌誌「楽浪」を初めとして昭和四十一年に「白珠」に入社するまでいくつもの結社を転々とした。「白珠」入社以後は安田青風、安田章生先生を初め多くの方々に御高誼を賜った。中でも白珠代表の安田純生氏には何かと指導助言を頂いた。記して厚く御礼申しあげる。

梅雨が明けて夏空になると、此処倉敷の児島の地では南の空に積乱雲が湧く。亡父はこの雲を仰いで「讃岐入道」と呼んだ。讃岐の空に湧く入道雲の謂である。この雲を見ると私は今でも亡き父を思い懐かしむのである。採って集名とした所以である。

又、長い年月に亘って、私の作歌生活に理解と協力を惜しまず側面から応援をしてくれた妻にありがとうを言わねばなるまい。拙いながらも第五歌集まで出版できたのは妻の協力に負うところが大きい。

上梓に当たっては、この度もまた青磁社の永田淳氏と吉川康氏に何かと御高配に与った。記して厚くお礼を申し上げる。

平成二十七年十一月

藤原　明美

著者略歴

昭和五年　岡山県倉敷市に生まれる。
昭和二十七年　広島高等師範学校文科一部国語科卒業。
昭和二十五年ごろより岡村千代子の指導を受け作歌を始める。
昭和三十年　楽浪叢書第八篇、合同歌集『森の陽』参加。
昭和四十一年　「白珠」入社。安田青風・安田章生に師事。
昭和四十六年　白珠同人選集『虹の渚』参加。
平成元年　歌集『知命を越ゆ』（短歌新聞社）出版。
平成三年　三十九年間勤務した公立高等学校を定年退職。中国短期大学教授、岡山大学非常勤講師等歴任。
平成六年　歌集『街路樹』（美巧社）出版。
平成十八年　歌集『単身赴任』（青磁社）出版。
平成二十三年　歌集『遠き月日』（青磁社）出版。
現在　岡山県歌人会会員、日本短歌協会会員、倉敷市文化協会顧問。

白珠叢書第二三八篇

歌集　積乱雲

初版発行日　二〇一六年二月十八日
著　者　藤原明美
倉敷市林一一〇七—五（〒七一〇—〇一四二）
定　価　二五〇〇円
発行者　永田　淳
発行所　青磁社
京都市北区上賀茂豊田町四〇—一（〒六〇三—八〇四五）
電話　〇七五—七〇五—二八三八
振替　〇〇九四〇—二—一二四二二四
http://www3.osk.3web.ne.jp/~seijisya/
装　幀　濱崎実幸
印刷・製本　創栄図書印刷

ISBN978-4-86198-333-7 C0092 ¥2500E